북으로 가는 길

열린시학 정형시집 35

북으로 가는 길

이지엽 시집

고요아침

현대시조 100년이 되는 해이다. '시조의 날' 선포식을 준비하면서 마음이 어쩐지 허전하다.

지난 10년 동안 〈우리시대 현대시조 100인선〉의 100권의 시조집 간행에 매달린 것은 시조 중흥의 계기가 될 것이라는 확신 때문이었지만 그 끝에 서보니 변한 것은 하나도 없다.

나 스스로도 시조에 진 빚을 갚는 일은 좋은 작품을 쓰는 일일 텐데, 거두고 보니 쭉정이에 잔챙이 뿐이다. 그러나 어쩌랴. 내 사랑이고, 젊음이고, 山이고, 절망인 것을. 일찍 세상을 뜨신 두 분 부모님과 눈 감고서야 고향을 찾아 北으로 가셨을 장인 어르신께 삼가 이 시집을 바친다.

2006년 여름
이지엽

차례

제2부 죽은 詩

제3부 남자와 여자

제4부 적벽을 찾아서

제1부

북으로 가는 길

다시, 황토를 생각하다

살구꽃 하르르 지는
그 환하고 아픈 자리

그렇게 사람이 그리운 날,
빈 절 한 채 내 사랑은

종소리, 그 견디는 赤身과
봄비 사이
혼자 가네

북으로 가는 길

벽제 승화원 지나 자유로 청아공원 가는 길
은행의 노란 잎들이 만장처럼 장엄하다
한 생애 애끓는 염원도 황금빛으로 눈이 아리다

그렇게 가고 싶어 했던 나라에 하마 도착했을까.
평안남도 평원군 조운면 그 언덕배기
쏴르르 淸酌 한 사발, 바람으로 당도했을까

눈도 채 감지 못하고 입도 반쯤 벌린 채로
마지막 숨을 거두며 혼자 박았을 녹슨 못과
상처의 젖은 땅 건너 다비(茶毘)의 그 적멸을 생각한다

저렇게 돌아가는 거다 햇살처럼 빻아져
흰 뼈 몇 점, 감 톨 몇 점, 기러기 울음 몇 점……
이 가을 사람의 사랑, 하늘에 붉게 걸고 싶다

못

슬프면 차라리 웃지 그랬어

그래도 아프면 눈감지 그랬어

눈 감고 떠날 양이면 소리치지 그랬어

물은 여자다

물은 맨발의 여자, 무릎 꿇은 여자다
부드러운 땅과 슬픈 하늘을 가지고
자식의 용서를 구하는 맨바닥의 어머니다.

그 사납던 욕망도 젊은 날의 바람기도
잘 익은 과일처럼 깨끗하게 닦아주더니
이제는 칼 제법 휘두르는 뜨거운 아내다.

촉촉한 사랑의 입술 子의 혀를 가진 女子,
지친 영혼 발 가랑이를 서늘하게 적시느니
빈 가지 살 에는 눈 밑이라도 꽃이 되는 애인이다

물의 힘

낮은 데를 찾아가는 네 마음 이제 알겠다
낮은 데선 고개 들고 높은 데선 수그리는
옹졸한 나의 처세술
너를 보니 알겠다.

허공에 길을 만들며 이 겨울을 노래 하지만
누가 빈 손 빈 들 막막한 바람 막아주랴
한 뼘도 더 오르지 못하고
주저앉은 하늘 난간

꽃 위에 향기를 둘러 믿음을 위장하고
열매 위에 질투를 얹어 사랑을 위장하지만
힘 다해 섬기는 너를 보니
땅 보기도 부끄럽다.

사람들은 탑을 쌓아 하늘에 닿고 싶지만

그것은 사람만의 일, 물은 바닥에 다다른다.
아마도 그 울음 당겨
봄이 저리 환한가 보아.

너무 늦게 온 사랑

색이 바래고 경첩 빠지고
좀이 슬고 삐꺽거리는

비틀고 휘어져
누구도 가져가지 않을

늦가을 비에 젖고 있는
저 낡은 가구들

새벽, 안개에 갇히다

선명하게 읽을 수 있는 마음이란 없는가
길 위에서 길을 잃듯 생각을 하다 생각을 잃고
도저히 추측할 수 없는 곳에 닻을 내린다
그러기에 정박 중인 나의 낡은 배들은
쉼 없이 중얼거리며 출렁거려야 하리
죽음은 끊어진 섬처럼 갑자기 오리라

드디어는 네 중심에 이르렀다 확신했을 때
미끄러져 나가는 손, 이름이 지워지고
어느새 뜨거운 포옹도 물가로 밀려나와 있다
패총처럼 쌓이는 시간의 무덤을 향해
전조등을 켜고 더듬더듬 나아가는 生
흔들어 작별하기엔 산은 멀고 길은 젖어 있다

편안한 만남

길은 물에 이르러 조용히 죽는다
물은 바다를 만나 제 목숨을 넘겨주고
바다는 수평에 닿아 하늘 길을 만든다

햇살들이 맨몸을 굴려 선경(禪境)에 든 봄철 한낮
반쯤 열려있는 문, 주인 없는 빈 백담
내, 나를 만나는 것도 그랬으면 좋겠다.

종소리 산을 흔들며 마을로 내려간 저녁
고요도 첩첩 산중 새 울음도 잠든 산사
마음 속 이는 바람결 꽃 한 송이 톡! 진다

1월

투명한 거울을 보면
물고기 눈물이 보인다

추운 겨울 아침
저자거리 나와 앉아서

푸르게 울던 물고기,
싸락눈의
어머니 눈빛

어둠이 소리가 되는 이유
― 조운(曺雲)* 생각

1. 고매(古梅)

남은 것 그마저도
꽃이라 부를 수 없어

터진 손등 성근 등짝
피해가다 들킨 대명천지에

서해(曙海)의 가난보다 더 시리다
고매(古梅)처럼 여윈 조국

2. 야국(野菊)

눈 뜨면 칼날의 바람
눈 감으면 아릿한 눈길

사랑은 아무래도
이승의 일 아닌갑다

까맣게 타들어가도
뿌리째 견디는 목숨

3. 백담의 겨울

사람이 몇 生을 건너가야 소리가 되나, 산이 강 되
고 강이 하늘 되어야 백담의 소리가 되나! 백담의 소
리가 되나!

우레도 박수도 말고 폭포도 수매미도 숨비도 떡방
아도 다 말고 얼름장 밑 미나리순 돋아나는 소리 몽
돌이 파도에 쓸리는 소리 눈 희뜩이며 상추쌈 우겨

넣는 소리 벼 모개 찰랑찰랑 부딪히는 소리 스락스락 억새 몸부비는 소리 가시연꽃에 실비 가 앉는 소리 달밤에 눈 밟히는 소리 우시장 둥글소 눈 꺼먹이는 소리 타지마라타지마라 논두렁 태우는 소리 비안개 눈물과 바람 봉정암 새벽 는개 이제 갓 생겨난 은초롱 물초롱 눈망울들만 담아와서

 백담의 천 길 절해를 몸채로 긋는 종소리 한 줄 되겠느냐

*조운 선생의 작품은 「고매(古梅)」에 드러난 간결성과 고독, 「상처쌈」「石榴」 등에 나타난 서민성과 질박함 「九龍瀑布」 등에 나타난 장쾌함과 호연에 있다고 생각하고 있다. 「야국(野菊)」은 잘 알려지지 않은 시이나 영광학원 교사시절 만난 박화성(소설가)를 마음에 둔 작품이 아닌가 생각된다. 제목과 어조, 생각 등을 훔쳐보았으나 소출이 쓸쓸하기만 하다.

여백

1.
소승의 절간에 솥이 하나 있습니다
떡을 안치면 세 사람이 먹어도 부족합니다
그러나 천 사람이 먹어도 남습니다
그 연유를 아십니까

2.
귀머거리 양씨 오늘도 뻥튀기를 튀깁니다
오가는 사람을 보며 연신 귀를 싱긋 싱긋
펑펑펑 꽃피어나는 걸 보고
빛의 화음 엿듣는 눈

3.
산과 낮은 구릉 사이 길이 하나 놓여 있습니다
한 외로운 사내가 지나가고 종일 조용했습니다
밤 되자
길은, 산허리께
별을 뿌려 놓았습죠.

서리꽃

생의 아름다움을 산의 굴곡으로 친다면
나는 날카로운 바위, 금간 돌들의 악산
멀리서 바라다보면 비명 같은 산이 될래

그래서 어느 겨울 날 선 신새벽 산정에서
몸과 몸 부딪혀도 못 막아설 추위가 오걸랑
안개와 몸을 섞어 섞어 내 몸에도 꽃을 피울래

어둠에만 길들여진 못난 습성의 바람벽에
숭숭 뚫린 구멍의 목이 마른 불혹의 사랑
내 사랑 그런 것 아닐까 지울수록 빛나는 은빛 은빛

메아리도 푸른 정죄의 깨진 무릎을 꿇을 때
골골 깨우치던 빈 손으로 돌아와
돋을볕 눈부신 부처의 어룽어룽 얼음의 꽃

생의 타오르는 정점, 꽃의 울음으로 친다면
끝내 혼자 건너야 할 아득한 안개 강 너머
잠시만 지상에 몸 내리는, 나 서리꽃 사랑이 될래

국화

학생들이 집으로 가고 연구실에 혼자 앉아
문 쪽 바라보다 머무느니 국화 한 다발

시들어 푸석한 얼굴
누가 꽂아두고 갔을까

갑자기 내가 무서워진다 주위를 둘러본다
어느 행간 헤매다가 나는 주저앉은 것일까

한 계절 가는 것도 모르고
꽃 있는 줄도 모르고

유리창 밖 어둠 속에서 누군가가 나를 보면
그도 흠칫 놀랄까 먼지처럼 늙는 生을 보고

내 마음 금간 화병의
물을 가는 늦은 저녁

작은 사랑

내 사랑 이런 房이라면 좋겠다
한지에 스미는 은은한 햇살 받아
밀화빛 곱게 익는 겨울
유자향 그윽한

내 사랑 이런 뜨락이라면 참 좋겠다
눈 덮여 눈에 갇혀 은백으로 잠든 새벽
발자국 누군가 하나
꼭 찍어 놓고간

제2부

죽은 詩

죽은 詩

아침에 메일을 여니
詩가 배달되어 왔다
잘 정돈된 과일 가게
때깔 고운 과일처럼
당장에 달콤한 향기
튕겨 나올 것 같다

너 정말 괜찮은 거니?
암시랑토 안하니?

보도블럭 위에 떨어지던 플라타나스 이파리 하나
날카로운 구두 뒷발에 구멍 뚫리고 찢기더니
이윽고 바스—라져 바람에 쓸리고
또 더러 수채 구멍에 처박힌다.

야아 너

얼굴 짱 몸 짱
증말 캡이다야.

바람꽃

아가, 엄마 따라 오면 안돼 엄마 돈 벌어 까까 사올
게 성냥불은 찌찌야

주공아파트 2동 앞에서 엄마는 대여섯 살 되어 보
이는 아이에게 몇 번이고 당부합니다 아이는 고개를
끄덕이다가 빨간 자전거를 타고 지나가는 조금 큰
아이의 실룩거리는 엉덩이를 쳐다봅니다. 해직 당하
고 검게 그을린 엄마는 수건을 꺼내 두 줄로 패인 아
이 콧물을 팽 닦아주고는 종종걸음으로 사회복지관
건물을 끼고 걸어갑니다 아이는 손짓으로 엄마를 부
르며 따라가다 말고 엄마가 뒤돌아보자 걸음을 멈춥
니다. 여나무개 햇살이 아이 손등을 간지럽히다 옆
쓰레기통으로 떨어집니다. 아이는 그것을 잡으려다
놓치고 또 잡으려다 놓칩니다. 엄마가 한 길로 빠져
나갈 즈음에야 엄마가 간 길을 따라 아이는 슬금거
리며 바람만바람만 따라갑니다. 먼 산에 뽀얀 기운

이 슬금슬금 내려와 어느 사이엔가 1동 앞까지 드리워집니다.

곧 비가 한바탕 줄기차게 쏟아질 모양입니다만.

업그레이드

삼팔육 DX 컴퓨터에 엑셀 프로그램을 깔기 위해
부품을 교체한다

이제 더 달아 낼래야 달아 낼 수 없는 덕지덕지 얽
힌 전선 위로 달려가다 끼긱 브레이크 밟는 모르스
부호들, 버려지지 못하고 자꾸 기억들이 쌓여가겠지
그러다 실핏줄처럼 가늘어진 그 기억을 다시 불러내
기 위해 가물가물 꺼지는 신호, 또 뜯어내서 그 기억
을 살려내기 위해 더 높은 버전으로 올려야 한다면
그건 죄악이지 찢어질 때까지 펄럭거리는 평양까지
라도 배달됩니다 가구 몽창 세일 플랜카드처럼, 자
꾸 쑤셔댈수록 스물거리며 일어서는 성욕처럼. 치즈
와 햄버거 힙합과 혼음과 광란의 밤들, 몸체에 덕지
덕지 매단 소프트웨어와 CD기 아직도 돌고 있지만
언젠가 뚝, 멈춰버릴지 몰라 이제 더 이상 네 몸 위
로 오르지 못하겠어 몸체가 부드러운 기억장치를 따

라가지 못하고 숨이 차 주저앉는다면 거기가 아아 그래 자유야 내버려둬 혼자 그냥 울게 대학 본관동 맨 구석방에서 삼팔육 내 본래대로 돌아가서 먼지에 둘러 쌓여 오손도손 나뒹굴고 싶어, 어느 누구도 와서 키보드를 두들기지 않아도 주사기 꽂지 않고 자연스럽게 늙어가고 싶어,

눈 녹는 3월의 나무 그림자 사이에서 졸고 있는 저 게으른 햇살 능청 좀 봐!

幽幽

강물 흐르는 압록역
역도, 꽃잎도 흐르는데

그대에게 보낸
초사흘
쓸쓸한 마음들이

달 되어 강으로 가네
꽃잎 되어 하늘로 가네

野性을 꿈꾸며

희망은 더 없다고 눈물 보이는 후배와
순대국밥을 먹는 저녁, 함박눈이 내린다
눈감고 바닥을 뒤집어봐 손등이 되잖아
목울대까지 치밀지만 나는 말을 못하고
가슴에 혼자 수없이 박았을 까만 못과
자취방, 찬 밥 한 덩이의 쓸쓸함을 생각한다.
그래 우걱우걱 짓씹어봐 살맛나도록
잎 진 가지에도 햇살 마구 일렁일 거야
저 폭설 온몸에 들여 나부껴봐 찢겨져봐
빈 술잔에 떨어지는 산양 같은 네 눈망울
끝내 못한 말, 실은 내게 타이르며 때리며
늑대의 흰 벌판을 꿈꾼다, 야성이 그리운 불혹

線에 관한 명상

방금 나온 따뜻한 달걀을 만지노라면
논 다랑이 휘어진 길들과 보름달
둥글어 더 내줄 것 없는
가난들이 보인다.

삼각자와 콤파스에 찔려 아린 시절 있었지
상처를 쥐고 펼 줄 모르던 푸른 욕망의.
山 쌓고 山을 허물고,
山 넘어 山으로 앉던

예리한 삼각 파도 한 끝을 말아올리며
비바람 속 게 눈처럼 늘 꿈이 슬픈 나는
누구의 따뜻한 개펄이
되어본 적 있었던가

모난 것이 둥글게 나를 키워온 힘이었네

긁혀진 등 새살 돋고 가지 더러 휘어져
사뿐히 고개 든 추녀 끝,
그 유정도 보게 되었네

외로움

쫘악 땡볕이 선을 마구 그어대는 7월 한낮

서툰 발길질에 풀섶에서 튕겨 나온 지렁이 한 마리가
꺼칠한 시멘트 바닥 그 불가해의 사막을
기엄기엄 기어가다 뒤집어 배배꼬다가 해찰부리다
다시 한 번 슬리퍼에, 군화발에 밟히더니 짓밟히더니

끝내는 으깨진 채로 말라 비틀어져 가고 있군요, 글쎄

그리움

길입니다.
한 사람만 겨우 지나는
오솔길입니다
누가 안 오나
목을 빼던 할머니집
장지문 까아만 그을음
바다로 가서 죽은
길입니다

물입니다
물수제비 아프게 받아내던
달빛아래선 욜랑욜랑
햇살아래선 종알종알
송사리 지느러미 끝
은빛, 은빛!
바다에서 다시 사는
물입니다

뽕나무 아래
— 가벼워짐에 대하여 · 1

뽕나무 하면 생각나는 일이 많지만요.

하교길에 뒤가 마려워 후닥닥 뛰어든 뽕밭
웃뜸 영심이 고 쪼그만 계집애
옴시락거리며 먼저 일 보고 있던
다른 무엇보다 고 살끈한 엉덩이 떠오르지만요
몰라몰라 그때 마침 노을빛 콩당콩콩
방아 몇 섬 찧었다던가
쏴하니 개밥바라기 시린 살점 두엇 떠올랐던가
달싹이다 끝내 아무 말 않고 팽 돌아선 고, 고, 고
짜끌짜글한 오디 입술 생각 나지만요

그 후로 내 가슴 뽕밭이 하두 환해와서 환해는 와서 ……

둥긂의 힘
— 가벼워짐에 대하여·2

자전거 바퀴의 은륜에 감기는 햇살, 둥근 것이 그리움을 만듭니다.

내 공부 때문에 공납금을 못 내고 학교에서 일찍 돌아와 사립 밖에서 울던 누이의 눈물, 다 떨어진 빈 나뭇가지 삶이라도 겨울의 마지막까지 떠나지 않고 있는 굴참나무 이파리들, 곧 바람에 날려갈 것만 같은 새 집들, 그 새들이 잘자르 딱데굴 쎄롱쎄롱 ㅆㅆㅆ 지저귀는 귀엽고 동그란 소리들, 둥근 것이 그리움의 집입니다. 츠츠츠 파라라락 물수제비 뜨며 날아가는 납작돌, 꽃과 잎 다주고도 차마 가지 못하고 서걱이는 연(蓮)대들, 산모롱이 휘어 돌아간 호젓한 오솔길, 휘어져 금세 하늘로 날아오를 것 같은 추녀 그 며느리서까래 끝 쉴 새 없이 몸을 부딪는 물고기의 종소리 배흘림 기둥 암기와 수키와 …둥근 것이 그리움의 영토입니다.

저것들, 둥근 따사함이 나를 키워온 것들입니다.

사람이 사람을 견디게 한다
— 가벼워짐에 대하여·3

1
기쁨은 태양의 울림입니다.

어머니는 식당 종업원, 아버지는 운전기사. 가난과 싸우며 일궈낸 금메달에 우리는 누구나 박수를 보냅니다.

박수 뒤 흐르는 눈물, 기쁨도 슬픔이 없는 기쁨은 기쁨이 아닙니다.

2
슬픔은 달의 음악입니다.

친척에게까지 가슴에 상처를 주고 파산한 40대의 가장. 땀 흘리며 막노동판에서 받은 일당으로 생선 한 꿰미 사들고 집으로 돌아가는 저녁 무렵. 개밥바라기도 눈웃음을 보냅니다.

슬픔도 기쁨이 없는 슬픔이라면 얼마나 적적하겠습니까.

3

울림과 음악 사이, 사람이 희망입니다

아이를 구하고 결국엔 다리를 절단한 철도 역무원 김행균씨. 나환자들의 성자 다미엔 신부와 우리의 김요석 목사. 일본인을 구하려다 죽은 아름다운 청년 이수현씨. 친구들을 살리고 죽은 유준영 고등학생….

아무리 진창의 삶이라도, 사람이 사람을 견디게 합니다.

한국의 가을

우리나라 가을에는 어머니가 있습니다

강물 끌고 달은 가응가응 수월래에 떠오르고

단풍 든 마음 하나 둘 어머니 곁에 모입니다

… 아가 힘들지야 여윈 등을 토닥이는 밤

무릎 꺾인 사랑들이 물소리에 귀 맑힙니다

붉은 감 한 톨에도 천 년, 푸른 바람이 지납니다

그리움

바자울 밑에 맨드라미
목 길게 빼고 혼자 붉고

매미 울음 끝에
파랗게 질리는 하늘

댓돌 위
검정 고무신
그 단정한
하얀 둘레

저걸 어쩌나

할머니 한 분이 횡단보도를 건너옵니다
반쯤 건넜을까 신호등은 바뀌고
차들은 빵빵거리며 쏜살같이 달립니다

할머니는 엉거주춤 눈이 휘둥그레져서는
한 발도 떼지 못한 채 두리번거립니다
머리 위 사과 광주리에 가을이 반짝거립니다

배꼽참외

장촌리 저수지 공사 울력에서 한 사람이 죽었다
던가.

장흥 감옥에 수감된 외숙을 면회하러 새벽에 떠난
외숙모가 한밤중에 돌아왔다. 해남읍에서 막차도 떨
리고 아침재 넘어 이십 리를 달도 없는 밤 산 넘고
물 건너 깜깜한 여우골 지나 외숙모가 뎅뎅 얼어 돌
아왔다. 푸실푸실 헝클어진 머리카락, 때꿍한 눈두
덩 투박한 입술 검버섯 핀 마름모꼴 우락부락한 얼
굴의 외숙모.

토방에 걸터앉아 남몰래 눈물 흘리던 그 저녁

가을비

도미솔 솔시레 가을비가 내립니다
배롱나무 이파리들 애썼다고 매만지다가
남은 꽃 마저 떨구며 해실해실 내립니다

아빠 발꿈치 찰박거리다가 끝내 젖게 하고는
짓궂게 다시 와서 고개를 쳐듭니다
왜, 왜요 빨래 들썩이며 마구 떼를 씁니다

제3부

남자와 여자

왜 시간은 사랑으로 남는가

그치지 않는다 너는
꿈속에서도 걷는다
쓸쓸하다고
돌아서지 않는다
말이 없다
검은 돌 그 앞에서도
너를 굽히지 않는다

하늘과 땅 사이에 결 고운 어둠으로 태어나
작고 낮은 얘기를 끌고 햇살 사이 걸어와
귀엣말 소근소근거리며 이파리마다 빛나느니

때로 발랄한 生 하나가 그립기도 하지만
느낌표처럼 캄캄한 절망 내리꽂히기도 하지만
언제나 서두르지 않는다
네가 사는

純銀의 오두막집

여기 잠시 앉아 그걸 물끄러미 봐도
욕될 것이 없겠다 곡진함도 없겠다
지상에 살아가는 동안
사람으로 외로 왔으니

강을 만나면 물길 따라 휘돌아가고
산을 만나면 메아리로 가 앉는다
내 너를 사랑함도
그런 유정이었다

굴성(屈性)에 대하여

보비라는 개는 주인이 죽어서도
14년 동안 주인 곁을 떠나지 않았다는데

일 년에 겨우 딱 한 번
산소 갔다 와서는
잊고 지낸다

보비는 자신의 머리를 주인의 묘비에 기댄 채
아주 추운 겨울날 꽁꽁 얼어서 죽었다는데

두 세 겹 옷을 껴입고 나는
반찬 투정에
의자 걱정이나 하고

스타카토 사랑

1. 바다와 섬

얼마나 외로울까, 섬이 없다면 바다는
어디에 다리를 묻을까, 바다가 없다면 섬은.

2. 폭염

몇 날 며칠
장마가 휩쓸고 지나간 계곡

뿌리 채 뽑혀
절벽에 매달린 소나무 한 그루

지독한 사랑의 한때
위태위태한, 아찔한, 쓰린,

3. 불가사의 不可思議

달팽이의 혀에는 1만여 개
이빨이 있다.

몰아내도 고래들은 뭍으로 와 죽어간다.

세상에 믿기지 않는 것들
사랑의 힘이다.

4. 태풍의 눈

한 곳을 향해 돌진하는
슬픈 눈의 고독한 사내.

북 태평양 그 먼 바다에서 아주 은밀히 태어나
고온다습한 공기를 불러오고,
적운을 만들고 분노와 갈증만 긁어모아,
더 빠른 속도로 나선형 돌개로 변해
가로막은 모두를 날려 보내고도

적도의, 불타는 적의의 깊고도 푸른 그 눈!

詩人
－ 송수권

사운대며 지나는 바람
꺼지지 않는 등불 하나

바람지난 자리 다시 고이는
저녁 불빛
따스함 하나

동구 밖
무릎 꿇고 앉아 있는
작달 나무
하나

구황암 돌무덤 앞에서

첫사랑도 희미해져
얼굴마저 가뭇할 때

길들은 감춘 붉은 가슴을
강 하류에 풀어 놓는다

가야여, 묻혀져 더욱 아름다운 이름이여

황진이 생각

네 사랑 때로 때죽나무
작은 은종 같아

쏴르르 달빛 소리
서늘한 한 종지 바람

가다가 휘어진 오솔길
휘파람도 보인다

百濟

내 마음에 잊혀진 왕국이 하나 있네

눈 내리는
눈 쌓이는
물의 나라
뿔의 나라

소리가
건널 수 없는
바람의 나라
찔레꽃 나라

북한 소년의 눈

거지 소년 하나를 도문시에서 만났다
내게 말없이 내미는 손
까슬까슬 했다
놀라서 잠시 멈칫거리자
손바닥을 위로 까닥거렸다

머리카락은 텁수룩하고
얼굴은 검고 야위었다
까만 눈동자만이 형형했다!
흑진주처럼 빛났다!
천 원 권 지폐 하나 확 나꿔채
쏜살같이 인파 속으로 사라졌다

그런 일 있었던가 아주 짧은 순간이었는데
10년도 더 지난 일이 오늘도 지워지지 않는다
쿼터칼 부러지는 소리보다

더 선명했던
그 소년의 눈

배경

그림을 그리다 보니 이제 알겠다
線이 선으로
살아 있으면 안 되는 이유
線들이 面으로 스며야
배경이 된다는 걸

나는 늘 線으로 살기를 바랬다
책상에 선을 긋고
넘어오면 내꺼다
삼국지 땅뺏기 놀이
늘 고구려가 되고 싶어 했다.

어디를 가더라도
나, 여기 있어 손을 흔들고
그건 안돼, 모든 것은 일렬로 나란히
쌀보다 적은 원고료 보내면서
갑자기 미안하고 허전해진다.

벽은 문이다
— 시 창작 시간

왜 너는 너고
나는 나지?
왜 너는 나무가 될 수 없고
왜 별은 밖에서 빛나고 내가 될 수 없는 거지?

벽은 너를 가로막은 장애물이 아니야
몸을 바꿔 벽이 되어 서있어 보란 말야
명암의 이쪽과 저쪽 모두가 다 보이지

환한 거리, 꽃들과 꽃을 든 사람들
캄캄한 지하, 해금내, 썩은 웃음들
그러니 벽은 문이야
네게로 가는 몸의 통로야

머리를 위한 參禪

1
개미나라에 개미가 살고 있었다
개미가 무거운 짐을 지고 집으로 가고 있었는데
앞에 큰 바위산이 놓여 있었다
나는 개미가 힘들 것 같아 개미를 번쩍 들어
그 너머 개미집 앞으로 데려다 주었다
그러자 그 개미는 깜짝 놀라
앗, 기적이다 기적이 일어났다,
고 동네방네 떠들고 다녔다

그러나 개미나라에선 어느 개미도 이 개미 얘기를
믿지 않았다.

2
무심코 화선지에
懸崖蘭 하나를 치고 있는데
물먹은 바위가 내게

문득 물어 본 말

너라면 거꾸로 매달려
꽃 피울 수 있겠니?

3
머리채에
먹물 묻혀
바닥을 기어가며
백남준은 그림을 그렸다

머리는 때로 손이 되기도 하고
붓이 되기도 하고 樂器가 되기도 한다

달의 꽃, 수태한 자궁에서 핀
저 미쁜 초승달!

남자와 여자

남자는 가슴에다 山 하나 세우고 살지
소리내어 울지 않는 것은
바위 같은 자존 때문
아픔이 절벽이어도 폭포처럼 내리 꽂히지

문 걸고 묵묵부답 위엄을 곧잘 위장해도
새가 되는 푸른 메아리,
철없이 날기도 하지
浮石의 절 한 채 짓고 햇살 찧는
물빛 산빛

여자는 가슴에다 강물 하나 흐르게 하지
남모르게 눈물 흘리는 건
모래알 같은 사랑 때문
앞섶에 물 주름진 삶 잔잔하게 흘려보내지

가벼운 입, 얇은 귀 유혹에 위태로워도
안개비 속 휘는 갈대,
물 위에 길을 내지
속울음 잎 진 자리에 불러 앉히는
달빛 별빛

제4부

적벽을 찾아서

볼펜 똥

흐릿한 건 난 싫어
말을 끊어서 또박또박
이렇게 뭉쳐있었어,
네게 꼭 하고 싶은 말
사랑은 소금 꽃이야
희고 검게 여문 씨앗

담배꽁초 1

사랑이란 이름으로
흘려보낸 구름의 날들

파고드는 낭패감
머릴 박고 속죄해도

이제는 용서 받을 수 없다
가슴 붉게
울 수도 없다

담배꽁초 2

엉켜서 더욱 뜨거운
목숨들이 여기 있다.

비벼 아픈 살점 하나
꿈꾸는 잠이 여기 있다

그늘을
슬퍼말아라
구겨진 詩여,
네 고독의 볏이여

반물빛을 그리다

내 생애 아주 쾌청한 날이
몇 번이나 있었을까

아침에 널어놓은 빨래가
꼬실꼬실하게 마르듯이

내 절망 가볍게 햇살로 내리는
반물빛 그런
몇 날

햇살

어둠을 대할 때마다
언제나 너는 맨몸이다
가장 낮은 자세로
바닥을 핥는 소신공양(燒身供養)
슬픔도 꽃이 되는 아흐
저
눈부신 탁발이여!

괄호 밖으로

더러운 욕설만 늘어가는 자아의 새여
밖은 절벽이 아니라
꽃 울음의 하늘이다
날아라 곧은 詩語 찾아
화살 맞아 죽어라

껍데기는 오너라

자, 이리 모여라
모두모두 모여라
망둥이가 뛴다고
꼴뚜기가 뛰면 되나
풀잎은 풀잎끼리 건들
송충이는 솔잎 먹고 흔들

어서어서 오너라
오서 잡고 돌아라
수몰된 고향 둔덕
곡괭이도 오너라
잡초들 누룽지 앉은 논배비
삽자루도 오너라

건더기는 서울 가고
국물들은 모여라

봉두난발(蓬頭亂髮) 우리 가슴
남은 집이 몇이냐
알맹이는 신도시 가고
쭉정이는 모여라

대못 지른 네 가슴에
복사꽃이 또 지느냐
갈 때 영영 가더라도
까끄라기 모여라
까슬한 목을 축이며
막걸리 석 잔 넉 잔

게슴츠레 취해봐도
길은 도로 걸려있네
유알(UR)인지 닭 알인지
불티인지 눈물인지

짚 덤불 쥐불 놓아라
기타 둥둥 타올라라

풋고추 뚝뚝 끊어
방귀도 뽕뽕 뀌며
저녁 하늘도
별이 총총
저렇게 복스러운 달,
이쁜 딸을 쑤욱 뽑네

통곡의 벽

'죽여' 혹은 '절대'라는 말이 어렵지 않게 놓여 있다.

낙서가 금지된 숨 막히는 공간 때론 노란색 붉은
색깔의
따뜻함으로 가장할 수 있지만 통곡의 벽 앞에는 아
무런
미사여구가 필요 없다

초록색 진한 고동색 빅토르 최를
추모하는 글들

거 뭐시냐

수위실 입구에서는 실랑이가 한창입니다.

날 막지 말어야 만삭이 되뿐 아내와 두 아그가 나를 기다리고 있어야. 오늘 단 하나라도 껀 수를 올려야 첫째 노마 급식대 설치 찬조빈가 뭔가를 줄꺼 아니여. 글씨 그 노마가 누 머리를 타고났는지 공부는 잘해갖고 이학기 반장선거에 뽑혀부렀는디 요새 거뭐시냐 학부형 찬조를 받아 2천년대 선전 급식 문화를 창조한다고 성금을 내라는디 둘째 놈은 그냥 두고라도 첫째 노마 것은 내얄 것 아니여 요것 좀 치워주라 별을 봐야 별을 딸 것 아니냐 소도 부빌 언덕이 있어야 부빈다고 사주든지 안사주든지 운이라도 띠여봐야 할 것 아니여 아내 복도 지지리 없어 의사 선상 글케 말하등가비여 애기 둘은 키우는 것도 힘에 버거운디 임파결핵할라 되갖고 무슨 또 임신이냐고. 잉? 그래도 이제 다 생겨버린 것 띨 것이여 어쩔 것

이여 먹고 사는 것은 다 지 팔자소관인디 나도 해 볼
때까지는 해봐야 할 것 아닌가베 아야 너도 처자식
있잖냐 이렇게 사정해도 안되겠냐잉 뭐냐, 저 거시
기 대통령 할아비도 안 된다고야. 야야, 그러지마라
이 뒤로는 다 돼고 뽀텐샤 타고 오면 앞으로도 다 되
고 절대 안된다고야이 너 요로코롬 인정 눈꼽맹큼도
없이 밀쳐대기냐 어허 이제 이놈이 삿대질까지 하네
이. 어따대고 이놈이 나도 내 땅에 거 뭐시냐 세금
내고 내 발 갖고 다니는디 이거 안치냐 안치워 오메
이 잡것 봐라이.

목 빼고 가만 듣고 있던 자목련 한 송이가 고개를
끄덕이다 그만 툭 떨어져 내립니다.

高英子

왕벚꽃, 와자히 지는 남도의 봄밤에는 안 잊히는
일들이 하나씩은 있다.

너는 일신방직 여공이었다. 3교대에 지친 몸을
이끌고 그래도 부모님과 동생들을 따뜻이
해줄 수 있으리라 여겼던 너는
착실하게 적금도 들고 공장 내에서도
후배들을 동생처럼 사랑하였다. 슬픈 영화를
보면 눈물 글썽이던 네 눈에는
아직도 슬픔이 배어 있는데
할머니 제삿날 같이 가자고 조르던 후배를
못 이겨서 따라나선 그날
주남마을 조금 지나서였을까
야산 지역에서 총탄이 쏟아져 오기 시작했다
쏘지 마요 쏘지 마 여기에는 사랑하는 동생이 아무
죄도 없는

엄마 아빠 아저씨 동생들만 탔어요 법 없어도 살아
요. 가난해요
쏘지 마요 쏘지…마
손을 저으며 절규하던 너는
처참하게 쓰러지고 말았다.
등의 절반이 없어져 버린 듯
양쪽 젖가슴에 하복부에 박힌 저 수많은 총탄
야간 근무로 꼬박 세웠던 밤의 별들이 포개로 뚝뚝
지고
네 어머니마저 네 마지막 모습 어른어른거려
쑥물진 가슴 안고 가버린 지 오래인 오늘
나는 일신의 여공들에게
문학을 강의한다 꺾인 80년대의 문학이여, 잘린
허리의 피고름이여
자꾸 목이 매여 하늘로만 눈이 간다.

네 가슴 빛나던 그별, 그 밤의 별들이 오늘 저리 또 끌또글 하다.

지하철 편지

1
그립다고 쓸까하다 그냥 안녕, 이라 적는다.
두근거리는 이 말간 햇살 어떻게 전할까
사랑해, 쓰려다 그만 눈물 빼고 점점 찍는다.

2
까맣게 단 내 가슴, 꽃씨 한 줌 보낸다.
네 창문 밖 얹어 주렴 너 깨어나면 볼 수 있도록
꽃 피면, 눈물 꽃 피면 나인 듯 보아 주렴

파천

화양동 계곡에서 한 여자를 만났다

백옥을 살결을 가지고 있는 누워서 하늘만 보고 있
는 여자 둥글게 패인 곳에서는 물살이 돌아 희게 세
상을 말아 올리기도 했는데 그럴 때마다 송사리떼들
은 배를 빨딱빨딱 뒤집었다 구름은 그림자를 남기지
도 못하면서 그 사이를 자꾸 들락거렸다. 숲의 나무
들은 둘러서서 나무아미타불을 외다가 흘끔흘끔 그
여자의 유두를 훔쳐보았다. 그러고 보니 잊고 지내
왔다. 바위도 옷을 벗으면 물이 되는 것, 물에서는
여자가 되는 것 물은 흘러가면 몸을 지운다 새소리
가 간간이 내려와 몸 사이에 섞인다 달 같은 여자 그
넓고도 편편한 속살에 안겨 한나절을 잘 보냈다

어둠이 하얗게 오는 것을 그때 처음 보았다.

90

해남에서 온 편지

아홉배미 길 질컥질컥해서
오늘도 삭신 꾹꾹 쑤신다

아가 서울 가는 인편에 쌀 쪼간 부친다 비민하것냐
만 그래도 잘 챙겨묵거라 아이엠 에픈가 뭔가가 징
허긴 징헌갑다 느그 오래비도 존화로만 기별 딸랑하
고 지난 설에도 안와브럿다 애비가 알픈 배 락을 칠
것인디 그 냥반 까무잡잡하던 낯짝도 인자는 가뭇가
뭇하다 나도 얼릉 따라 나서야 것는디 모진 것이 목
숨이라 이도저도 못하고 그러냐 안.
쑥 한 바구리 캐와 따듬다 말고 쏘주 한 잔 혔다 지
랄 놈의 농사는 지먼 뭣 하냐 그래도 자석들한테 팥
이란 돈부, 깨, 콩 고추 보내는 재미였는디 너할코 종
신서원이라니… 그것은 하느님하고 갤혼하는 것이
라는디… 더 살기 팍팍해서 어째야 쓸란가 모르것다
너는 이 에미더러 보고 자퍼도 꾹 전디라고 했는디

달구 똥마냥 니 생각 끈하다

복사꽃 저리 환하게 핀 것이
혼자 볼랑께 영 아깝다야

(98년 한국시조 작품상 수상작)

* 내가 있는 학교의 제자 중에 수녀가 한 사람 있었다. 몇 해 전 남
도 답사길에 학생 몇이랑 그 수녀의 고향집을 들르게 되었는데 다 제
금 나고 노모 한 분만 집을 지키고 있었다. 생전에 남편이 꽃과 나무
를 좋아해 집안은 물론 텃밭까지 꽃들이 혼자 보기에는 민망할 정도
로 흐드러져 있었다.

적벽을 찾아서

마음에는 누구에게나 하늘이 있습니다

푸른 물 고여 출렁이는 山, 그 흰 이마의 새떼

흘러도 다 울어내지 못한 강물이 있습니다

때로 절정을 향해 별은 또 빛나고

번개와 우레가 외로움에 꽂히지만

누구도 스스로의 하늘에 도달할 수 없습니다

마음에는 누구에게나 바다가 있습니다

희끗희끗한 절망의 파도, 등 푸른 욕망

숯처럼 타오르는 한 척 배 목숨처럼 떠 있습니다

숨비소리 하나도 숨어 그대를 향하지만

부딪히고 깨어져도 잠 하나 못 이루는 섬,

누구도 스스로의 바다 가 닿을 수 없습니다

(99년 중앙시조 대상 수상작)

시 쓰기와 자기 되돌아보기

― 이지엽의 『북으로 가는 길』에 붙이는 사족

장경렬

(서울대 영문과 교수)

1

이지엽 시인과 처음 만난 것은 90년대 전반에서 중반으로 넘어갈 무렵 어떤 문학 세미나 자리에서였다. 처음 그와 인사를 나눌 때부터 몇 년 동안 나는 그가 나보다 연상일 것으로 잘못 알고 지냈다. 그가 나보다 다섯 살 가량 연하임을 우연한 자리에서 알게 되었는데, 나의 학교 친구이면서 문단 안팎으로 잘 알려진 어느 시인에 관해 이야기를 나누던 중 이 시인이 말하길 그가 자신의 고향 선배라는 것이었다. "아, 그래요? 그럼 이 시인이 나보다 연하겠네."

"아직까지 몰랐어요? 저는 시조 시단의 아무개 시인과 동년배입니다." "아니, 그럼 5년이나 제 인생 후배란 말인가요?" 내가 이처럼 몇 년 동안이나 그의 나이를 잘못 알고 지내면서도 이를 알아차리지 못했던 이유는 무엇일까. 이는 물론 그가 실제 나이보다 나이가 더 들어 보였기 때문이 아니다. 다만 그의 묵직함과 점잖음이 느린 말투와 어우러져 연출해 낸 그 특유의 독특한 분위기 때문이었다. 그 분위기는 나에게 그의 나이를 지레 짐작케 했던 것이다.

하지만 나이를 알고 난 다음에도 나에게는 좀처럼 이지엽 시인이 내 인생 후배로 느껴지지 않았다. 나만의 개인적 느낌일지 모르지만, 그는 나이에 비해 어른스럽다. 시의 분위기 또한 그렇다. '극적 독백'(dramatic monologue)의 형식으로 되어 있는 그의 「해남에서 온 편지」를 내가 처음 잡지에서 읽은 것은 1998년으로, 그러니까 이 시인이 이 시를 발표한 것은 40세 전후로 추측된다. 남편을 여의고 혼자 삶을 살아가는 늙은 여인이 수녀가 되어 서울에 살고 있는 딸에게 말을 전하는 형식으로 되어 있는 이 시에서 우리는 자식에 대한 늙은 어머니의 마음씀과 그리움을 생생하게 읽을 수 있는데, 나이 40의 남성 시인이 쓴 시라는 사실이 결코 예사롭게 느껴지지 않는다. 어쩌면 이 같은 시에서 느껴지는 마음의 깊이와 어른스러움은 이지엽 시인의 작품에만 국한되는 특징이 아닐 것이다. 삶에 대한 그의 마음가짐, 나아가 그의 삶 자체에서도 확인되는 특징일지도 모르겠다.

이번의 창작 시 모음도 예외가 아닌데, 많은 작품들이 이지엽 시인의 깊은 마음과 어른스러움을 새삼 되짚어 보게 한다. 하기야 이제 시인은 지천명(知天命)의 나이인 50에 가깝다. 그러니 어찌 깊은 마음과 어른스러움을 그 특유의 새삼스러운 것인 양 말할 수 있겠는가. 하지만 이번 시집은 하늘의 뜻을 아는 나이에 가까워진 시인의 자기 성찰이라는 점에서 특별한 의미를 갖는다. 그의 이번 작품 세계에서 우리는 특히 삶—그것도 자기 자신의 삶—을 깊은 마음으로 되돌아보고 있는 시인과 만날 수 있기 때문이다. 때로는 자신의 삶 주변을 돌아보며, 때로는 자신의 모습을 되돌아보며, 또한 때로는 선배 시인들의 삶을 되짚어 보며, 시인은 자신의 삶이 지니는 의미와 무게를 가늠하고 있거니와, 그런 시인의 모습을 이번 작품집을 통해 살펴보기로 한다.

2

시인의 자기 성찰이라는 측면에서 무엇보다도 먼저 우리의 눈길을 끄는 작품은 「물의 힘」이다. 모두 4연으로 이루어진 이 시에서 시인은 "물"을 자신을 비춰보는 일종의 거울로 삼아 옹졸하고 부끄러운 자신의 모습을 되돌아본다. 하지만 이 시는 단순한 자기반성의 시라기보다 자신의 창작 행위 자체에 대한 반성을 담고 있는 작품이기도 하다.

낮은 데를 찾아가는 네 마음 이제 알겠다
낮은 데선 고개 들고 높은 데선 수그리는
옹졸한 나의 처세술
너를 보니 알겠다.

허공에 길을 만들며 이 겨울을 노래 하지만
누가 빈 손 빈 들 막막한 바람 막아주랴
한 뼘도 더 오르지 못하고
주저앉은 하늘 난간

꽃 위에 향기를 둘러 믿음을 위장하고

열매 위에 질투를 얹어 사랑을 위장하지만
힘 다해 섬기는 너를 보니
땅 보기도 부끄럽다.

사람들은 탑을 쌓아 하늘에 닿고 싶지만
그것은 사람만의 일, 물은 바닥에 다다른다.
아마도 그 울음 당겨
봄이 저리 환한가 보아.

―「물의 힘」 전문

　먼저 첫 연에서 우리는 자신의 "처세술"을 되돌아
보는 시인과 만나는데, 그는 문득 흐르는 물에 눈길
을 주다가 "낮은 데를 찾아가는" 것―그러니까 "낮
은 데"를 향해 몸을 굽히는 것―이 "물"임을 새삼
깨닫는다. 그리고는 항상 낮은 곳을 향하는 물과 달
리 "낮은 데"에서 "고개"를 드는 자신의 모습을 떠
올린다. 문제는 "높은 데"서는 고개를 수그리지만
"낮은 데"서 고개를 드는 자신의 "처세술"이 "옹
졸"하다는 식의 깨달음 자체는 새로울 것이 없다는
데 있다. 누구라도 이런 도덕적 깨달음의 순간은 갖
게 마련 아닌가. 이 시가 단순한 도덕적 자기 판단으

로 읽혀지지 않음은 이 때문이다. 즉, 낮은 데서 고개를 들고 높은 데를 향하는 것이 단순히 "처세술"과 관련된 것만으로 읽혀지지는 않는다.

이와 관련하여, "허공에 길을 만들며 이 겨울을 노래"하는 것 자체가 낮은 데서 높은 곳 향하기임에 주목하지 않을 수 없는데, 어찌 노래하기—즉, 시 쓰기—가 옹졸한 행위일 수 있겠는가. 비록 "빈 손 빈 들 막막한 바람 막아" 주는 이 없어 "한 뼘도 더 오르지 못"한 채 "하늘 난간"에 "주저"앉는다고 하더라도, 노래하기 자체는 옹졸한 것으로 폄하될 수 없다. 하지만 노래하기가 "꽃 위에 향기를 둘러 믿음을 위장하고 / 열매 위에 질투를 얹어 사랑을 위장"하기라면 판단은 달라지지 않을 수 없다. 노래하기란 "위장"에 불과한 것이라면, 당연히 "땅 보기도 부끄"러울 수밖에 없다. 시인의 판단에 의하면, 노래하기란 "위장"일 뿐만 아니라 "탑을 쌓아 하늘에 닿고" 싶어 하는 오만함에서 비롯된 "사람만의 일"이기도 하다. 그렇다면 당연히 노래하기란 비판의 대상이 되지 않을 수 없다. 그리고 이런 점에서 이 시는 한 개인의 자기반성을 뛰어넘어 시 쓰기 행위 자체의 의미에 대한 회의까지 담고 있다고 할 수 있다.

인간의 노래하기란 "그 울음 당겨" "봄"을 "저리 환"하게 만드는 "물"에 비하면, 실로 보잘것없는 것일지도 모른다. 그렇다면 노래하기는 포기되어야 할 것인가. 아니면, "하늘에 닿고"자 하는 것이 아닌 "바닥에 다다"르고자 하는 것으로 재정비되어야 하는가. 이 물음에 대해 시인은 아무런 답변도 제시하지 않는다. 다만 "노래"를 통해 "물"이 "그 울음 당겨 / 봄이 저리 환한가 보아"라는 깨달음을 전할 따름이다. 어찌 보면, 이 깨달음은 노래하기란 어떤 것이 되어야 하는가에 대한 시인 자신의 답변을 암시하기 위한 것일 수도 있겠다. 이지엽 시인의 시가 "낮은 데"를 향해 고개 숙이기를 지향하고 있는 것처럼 보인다면 아마도 이런 식의 반성이 있기 때문일 것이다.

'낮은 데를 향해 고개 숙이기'로서의 시 쓰기란 과연 어떤 것이어야 할까. 아마도 이번 시집의 작품들이 거의 모두 그 실례가 될 수 있겠지만, 어느 작품보다도 우리의 눈길을 끄는 것은 「너무 늦게 온 사랑」이다.

색이 바래고 경첩 빠지고

좀이 슬고 삐걱거리는

비틀고 휘어져
누구도 가져가지 않을

늦가을 비에 젖고 있는
저 낡은 가구들

— 「너무 늦게 온 사랑」 전문

　물리학의 열역학 제2법칙에 의하면, 세계는 질서 있는 상태에서 무질서한 상태로 변하되 이때의 변화는 비가역적(非可逆的)인 것이다. 다시 말해, 무질서한 상태에서 질서 있는 상태로 변하는 일은 있을 수 없다. 마치 헌것이 새것으로 바뀌는 일이 있을 수 없듯이. 물론 외부의 영향력을 통해 헌것이 새것으로 바뀌기도 하지만, 아무리 노력해도 헌것을 원래의 새것으로 환원할 수는 없다. 그리하여 이른바 폐물이라는 것이 생기게 마련이다. 위의 시에서 말하는 "낡은 가구"란 바로 그런 폐물 가운데 하나이리라. 시인의 눈길이 이 폐물에 머물고 있는 것이다. 저 높은 곳의 귀하고 아름다운 것을 향하고 있는 것이 아니라 저 밑바닥의 천하고 추한 것을 향하고 있는 것이다. 아니, 위가 아니라 아래를 향하고 있는 것이다. "색이 바래고 경첩 빠지고 / 좀이 슬고 삐꺽"거릴 뿐만 아니라 "비틀고 휘어져 / 누구도 가져가지 않을" 그런 폐품들의 모습은 을씨년스럽기 그지없을 것이다. 을씨년스러움을 더 한층 강화하려는 듯 시인은 폐품들이 "늦가을 비에 젖고 있는" 것으로 묘사하고 있다.

"낡은 가구들"을 향한 시인의 시선이 예사롭지 않게 느껴짐은 바로 이 시의 제목 때문이다. "너무 늦게 온 사랑"이라니? 너무 빤한 말이지만, '사랑'이란 누군가가 대상을 귀하게 여기거나 열렬히 좋아하는 마음을 가리는 말일 수 있고, 또 그런 대상 자체를 지칭하는 말일 수도 있다. 그렇다면 이 시에서 사랑은 누구의 사랑인가. 또한 무엇에 대한 사랑인가. 가구들을 소유하던 사람들이 가구들에 대해 지녔던 사랑일까. 그렇게 읽을 수 없음은 "너무 늦게 온"이라는 말 때문이다. 소유자들의 가구들에 대한 사랑은 이미 끝난 것이지 "너무 늦게 온" 것은 아니기 때문이다. 따라서 시인의 사랑으로 읽는 것이 자연스러울 수 있다. 즉, 을씨년스러운 모습의 "낡은 가구들"

을 보며 시인은 무언가 때늦은 애정이나 연민을 느끼고 있는 것으로 읽을 수도 있다.

하지만 때늦은 사랑이나 연민이 어찌 "낡은 가구들"을 향한 것일 수만 있겠는가. 사실 "사랑"이라는 말 때문에 이 시에서의 "낡은 가구들"은 사물로만 읽히지 않고 사람에 대한 비유적 표현으로도 읽힌다. 따지고 보면, 새것이 헌것이 되듯 인간은 젊음을 잃고 늙어가게 마련이다. 돌이킬 수 없는 이 자연의 섭리 아래 인간도 "색이 바래고 경첩 빠지고 / 좀이 슬고 삐꺽거리는 // 비틀고 휘어져 / 누구도 가져가지 않을" 폐품과 같은 존재가 되게 마련이다. 이런 의미에서 "낡은 가구들"이란 시인 주변의 사람들 가운데 어떤 사람들을 가리키는 것일 수도 있지 않을까. 아니, 이보다 더 중요한 것은 이 시에서의 "낡은 가구들" 가운데 하나가 시인 자신일 수도 있다는 점이다. 다시 말해, 시인이 따뜻하지만 때늦은 사랑이나 연민의 눈길을 보내고 있는 대상은 자기 자신일 수도 있는 것이다. 아직 50도 되지 않은 시인이 자기 자신을 "낡은 가구들" 가운데 하나로 본다는 것은 좀 지나친 말일 수도 있겠다. 하지만 이런 시 읽기를 가능하게 하는 작품들 가운데 특히 우리의 눈길을 끄는 것은 「국화」다.

학생들이 집으로 가고 연구실에 혼자 앉아
문 쪽 바라보다 머무느니 국화 한 다발

시들어 푸석한 얼굴
누가 꽂아두고 갔을까

갑자기 내가 무서워진다 주위를 둘러본다
어느 행간 헤매다가 나는 주저앉은 것일까

한 계절 가는 것도 모르고
꽃 있는 줄도 모르고

유리창 밖 어둠 속에서 누군가가 나를 보면
그도 흠칫 놀랄까 먼지처럼 늙는 生을 보고

내 마음 금간 화병의
물을 가는 늦은 저녁

—「국화」 전문

이 시에서 "시들어 푸석한 얼굴"은 "국화 한 다발"의 것이지만, 이는 동시에 '나'의 것이 아닐까. 다시 말해, "시들어 푸석한 얼굴"의 "국화 한 다발"에서 '나'는 "한 계절 가는 것도 모르고 / 꽃 있는 줄도 모"른 채 "어느 행간 헤매다가" "주저앉은" '나 자신'의 모습을 확인하고 있는 것 아닐까. 그렇지 않다면, 어찌 "갑자기 내가 무서워"지겠는가. 시인의 자기 되돌아보기는 여기에서 멈추지 않는다. "먼지처럼 늙는 [나의] 生을 보고" "유리창 밖 어둠 속에서 누군가가 나를 보면 / 그도 흠칫 놀랄까"도 모른다는 데까지 이어진다. 이런 의미에서 볼 때, "내 마음 금간 화병의 / 물을 가는 늦은 저녁"에서 "내 마음 금간 화병"은 "시들어 푸석한 얼굴"의 자기 모습을 담고 있는 시인의 마음으로, "물을 가는" 행위는 삶에 대한 의지를 추스르는 몸짓으로, "늦은 저녁"은 인생의 여정에서 시인이 도달한 시간으로 읽을 수도 있다. 이 같은 읽기가 가능하다면, 시인이 "낡은 가구"에서 자신의 모습을 확인하고 있는지도 모른다는 시 읽기가 어찌 무리일 수 있겠는가.

「배경」역시 일상의 삶 속에서 무언가가 계기가 되어 자기 되돌아보기에 이르는 시인의 모습을 담고

있거니와, 이지엽 시인의 이번 시집에서 각별한 주
목을 요구하는 작품들 가운데 하나다.

　　그림을 그리다 보니 이제 알겠다
　　線이 선으로
　　살아 있으면 안 되는 이유
　　線들이 面으로 스며야
　　배경이 된다는 걸

　　나는 늘 線으로 살기를 바랬다
　　책상에 선을 긋고
　　넘어오면 내꺼다
　　삼국지 땅뺏기 놀이
　　늘 고구려가 되고 싶어했다.

　　어디를 가더라도
　　나, 여기 있어 손을 흔들고
　　그건 안돼, 모든 것은 일렬로 나란히
　　쌀보다 적은 원고료 보내면서
　　갑자기 미안하고 허전해진다.

　　　　　　　　　　　　—「배경」 전문

세상사를 "線으로 살"고자 할 때 그것이 얼마나 각박한 것이 될 수 있는가에 대한 시인의 깨달음은 평범한 것 같지만 결코 쉽게 도출될 수 있는 것이 아니다. 무엇보다도 "線으로" 삶을 산다는 것은 무슨 뜻일까. 시인은 이와 관련하여 자신의 어린 시절을 되돌아보는데, "책상에 선을 긋고 / 넘어오면 내꺼다 / 삼국지 땅뺏기 놀이 / 늘 고구려가 되고 싶어 했"던 것을 그 예로 든다. 말하자면, 선을 그어 놓고 그 선을 경계로 '내 것'과 '네 것'을 갈라놓은 다음 '내 것'을 지키려는 태도를 말한다. 어린 시절의 그런 태도가 어른이 되어서도 남아 있음을 시인은 "어디를 가더라도 / 나, 여기 있어 손을 흔들"어 보이거나 "그건 안 돼, 모든 것은 일렬로 나란히"라고 말하는 데서 확인하는데, 여기에 암시된 태도를 우리는 파당성과 경직성이라는 말로 요약할 수 있을 것이다. 따지고 보면, 선을 분명하게 따지는 사람들을 놓고 우리는 대개 '아쌀하다'거나 '정확하다'는 식의 긍정적 평가를 하는 경향이 있다. 하지만 이런 사람들은 또한 흑백 논리를 통해 세상사를 보려는 경향을 보일 수 있거니와, 이로 인해 파당성과 경직성의 노예가 될 수도 있다. 사실 세상을 살다 보면 이런 사람들 때문에 삶이 피곤해지는 경우가 적지 않다. 시인이 "늘 線으로 살기를 바랬"던 자신에 대해 반성함은 이 때문일 것이다. 시인의 이 같은 반성은 물론 일상의 삶을 살아가는 가운데 시작된 것으로, 이 경우에는 그림 그리기가 계기가 된다. "그림을 그리다 보니" 문득 시인은 "線이 선으로 / 살아 있으면 안 되는 이유"를 깨우치게 되는데, 그 이유는 "線들이 面으로 스며야" 비로소 "배경"이 될 수 있기 때문이다. "배경"이 되다니? "배경"이 되고자 함은 낮은 데를 향하는 물처럼 삶을 살아가고자 함을 의미하는 것 아닐까. 다시 말해, "線이 선으로 / 살아 있"음은 겸손하고 낮은 삶에 대한 부정을 뜻하는 것으로 읽을 수 있다.

문제는 "쌀보다 적은 원고료 보내면서 / 갑자기 미안하고 허전해진다"는 말이 의미하는 바가 무엇인가다. 널리 알려져 있듯이, 이지엽 시인은 오랫동안 시 전문지 발행을 주도해 왔으며, 이 과정에 원고료 지불과 관련하여 많은 애를 먹었을 것이다. 넉넉지 못한 재원으로 잡지 발행을 주도하다 보니 "쌀보다 적은 원고료"를 보낼 수밖에 없었을 것이고, 그때마다 당연히 "미안하고 허전"했을 것이다. 그렇다고 하더라도, 이 이야기로 「배경」을 끝맺어야 할 이유가 따로 있는 것일까. 갑작스럽고 엉뚱한 이야기로 시를 끝맺는 것처럼 읽히지 않은가. 하지만 "원고료"를 보내기 위해서는 우선 원고 필자들을 "일렬로 나란히" 정리한 다음 원고료를 '정확히' 계산해야 하거니와, 어찌 보면 "쌀보다 적은 원고료"를 놓고 하는 이 같은 작업은 "線으로" 삶을 살아가는 것일 수도 있다. 그러니 어찌 깊은 자기반성이 뒤따르지 않을 수 있으랴. 이 같은 자기반성이 "갑자기" 시인을 더욱 깊게 미안함과 허전함으로 내몰았을 것이다.

이처럼 "線으로" 삶을 살아갈 수밖에 없음에 대한 시인의 자각은 시 쓰기 작업 자체와 관련해서도 이루어지고 있는데, 「벽은 문이다—시 창작의 시간」에서 우리는 이를 확인할 수 있다.

왜 너는 너고
나는 나지?
왜 너는 나무가 될 수 없고
왜 별은 밖에서 빛나고 내가 될 수 없는 거지?

벽은 너를 가로막은 장애물이 아니야

몸을 바꿔 벽이 되어 서있어 보란 말야
명암의 이쪽과 저쪽 모두가 다 보이지

환한 거리, 꽃들과 꽃을 든 사람들
캄캄한 지하, 해금내, 썩은 웃음들
그러니 벽은 문이야
네게로 가는 몸의 통로야
　　　　　　—「벽은 문이다—시 창작의 시간」 전문

"너"와 "내"가 확연하게 구분되는 세계, "너는 나
무가 될 수 없"는 세계, "별은 밖에서 빛나고 내가
될 수 없"는 세계는 어찌 보면 "線으로" 양분되어
있는 세계다. 아니, 이 시에서 제시된 세계는 엄밀하
게 말해 "선"으로 양분되어 있는 세계라기보다는
"벽"으로 양분되어 있는 세계다. 즉,「배경」에 제시
된 세계가 이차원적 세계라면, 이 시에 제시된 세계
는 삼차원적 세계다. 아무튼, 이차원적 세계든 삼차
원적 세계든, 그 한계를 극복할 방법은 없는가.「배
경」에서 시인은 "線들이 面으로 스며야" 함을 말한
다. 이는 "선"을 없애야 한다는 암시로 읽을 수 있지
만, 그것이 구체적으로 어떻게 해야 가능한가에 대

해 시인은 말하고 있지 않다. 한편, 이 시에서 시인은 "몸을 바꿔 벽이 되어 서 있어" 볼 것을 제안한다. "몸을 바꿔 벽이 되어 서 있어 보"다니? 이 같은 신비로운 변용이 어떻게 하면 가능할 수 있는가. 어떻게 하면 몸이 벽이 되어 "명암의 이쪽과 저쪽 모두가 다" 볼 수 있는가. "벽"이 "문"이 되고 "네게로 가는 몸의 통로"가 될 수 있는가. 이 물음에 대해 시인의 답은 시의 제목에서 찾을 수 있지 않을까. 시의 제목에 시인은 "시 창작의 시간"이라는 부제를 달고 있는데, '나'의 "몸"을 "벽"으로 만들기란 바로 "시 창작"의 행위를 암시하는 것 아닐까. 여기에서 시인은 '나'를 뛰어넘어 '나'와 '너' 사이의 "벽"이 되기 위한 것, 그리하여 '나'와 '너' 사이를 연결하는 "문"과 "통로"가 되기 위한 것이 시 쓰기임을 말하고 있는 것처럼 보인다. 만일 시 쓰기가 결코 포기될 수 없다면 바로 이 때문이 아니겠는가.

3

삶과 시 쓰기와 관련하여 이지엽 시인이 시도하는

자기 되돌아보기를 총체적으로 검토하기란 어떤 넓이의 지면으로도 부족할 수 있다. 이는 삶과 시 쓰기에 대한 시인의 시적 사유가 결코 단순하지 않기 때문이다. 하기야 어느 시인의 생각과 마음인들 단순할 수 있겠는가. 하지만 이지엽 시인의 생각과 마음을 읽기란 특히 어려운데, 이는 물론 그의 생각과 마음의 깊이가 남다르기 때문일 것이다. 이제 그의 생각과 깊이가 쉽게 헤아릴 수 없는 것임을 보여 주는 작품 한 편을 읽는 것으로 우리가 그의 시집에 붙이는 사족을 마무리하기로 하자. 공교롭게도 우리가 선정한 작품은 "시"에 관한 시인 「죽은 詩」다.

아침에 메일을 여니
詩가 배달되어 왔다
잘 정돈된 과일 가게
때깔 고운 과일처럼
당장에 달콤한 향기
튕겨 나올 것 같다

너 정말 괜찮은 거니?
암시랑토 안하니?

보도블럭 위에 떨어지던 플라타나스 이파리 하나

날카로운 구두 뒷발에 구멍 뚫리고 찢기더니

이윽고 바스—라져 바람에 쓸리고

또 더러 수채 구멍에 처박힌다.

야아 너

얼굴 짱 몸 짱

증말 캡이다야.

—「죽은 詩」 전문

이 시는 한 편의 단시조와 한 편의 사설 시조를 결
합한 예라고 할 수 있는데, 무엇보다도 단시조에 해
당하는 제1연과 사설 시조에 해당하는 제2~4연 사이
의 관계를 파악하기가 만만치 않다. 우선 제1연에서
우리는 컴퓨터의 이메일을 통해 배달된 시를 확인하
는 시인과 만나게 된다. 이 자리에서 시인은 그렇게
배달된 시들이 "잘 정돈된 과일 가게 / 때깔 고운 과
일"과 같다고 생각한다. 시인이 "당장에 달콤한 향
기 / 튕겨 나올 것 같다"는 느낌을 갖게 됨은 이 때
문이다. 이처럼 "배달되어" 온 시에 대해 호의적인
생각을 갖고 있는데, 어째서 제2연의 돌연한 물음들

이 "튕겨 나올" 수 있는 것일까. "너 정말 괜찮은 거니?"라고 묻는 이유는 무엇인가. "아무렇지도 않니?"라는 뜻의 호남 사투리를 써서 다시 한 번 같은 물음을 묻는 이유는 무엇일까. 혹시 이 물음은 시인이 "배달되어" 온 시에게 묻는 것이 아니라, 시가 시인에게 묻는 것은 아닌지? 이 물음에 대한 답이 쉽지 않은 판국에 제4연은 우리를 더욱 혼란에 빠뜨린다. "보도블럭 위에 떨어"진 다음 "날카로운 구두 뒷발에 구멍 뚫리고 찢기더니 / 이윽고 바스—라져 바람에 쓸리고 / 또 더러 수채 구멍에 처박"히는 "플라타나스 이파리 하나"가 가리키는 것은 무엇인가. "배달되어" 온 시인가. 아니면 시인이 되돌아보는 자신의 모습인가. 우리의 혼란은 여기에서 끝나지 않는다. "야아 너 / 얼굴 짱 몸 짱 / 증말 캡"이라니? 이는 또한 누가 누구에게 하는 말인가.

먼저 제2~4연의 시적 진술이 시인이 "배달되어" 온 시에게 던지는 것인가, 또는 "배달되어" 온 시가 시인에게 던지는 것인가를 가늠해 보아야 할 것이다. 만일 시인이 시에게 던지는 것이라면, "달콤한 향기"를 "튕겨" 내뿜을 것 같았던 시가 사실은 "죽은 시"이어서 부패의 "향기"로 읽을 수 있을 것이다. 죽음을 확인하는 순간 시인은 "너 정말 괜찮은 거니?"라고 묻고, 다급해진 마음에 잠재웠던 사투리로 "암시랑토 안하니?"라고 되묻는 것 아닐까. 이처럼 되묻고 나서 시인은 "배달되어" 온 시에 다시 눈길을 준다. 그리고는 기껏해야 "보도블럭 위에 떨어지던 플라타나스 이파리" 같은 존재, 미라처럼 바짝 말라비틀어진 낙엽 같은 존재임을 확인한다. 그리하여 속았다는 생각에 시인은 빈정거리는 말투로 시를 향해 말한다. "야아 너 / 얼굴 짱 몸 짱 / 증말 캡이다야."

이렇게 읽어도 되는 것인지? 우리가 이와는 다른 시 읽기를 시도하고자 함은 우리의 읽기를 신뢰할 수 없기 때문이다. 즉, 제2연의 물음을 "배달되어" 온 시가 시인에게 던지는 것으로 가정해 보자. "달콤한 향기"를 "튕겨" 내뿜을 것처럼 "고운" 시가 자신에게 멍한 눈길을 주는 시인을 보고 놀라 묻는다. "너 정말 괜찮은 거니? / 암시랑토 안하니?"라고. 이어서 시는 시인이 "보도블럭 위에 떨어지던 플라타나스 이파리"와 같은 존재, "죽은 詩"와 다를 바가 없는 존재임을 깨닫는다. 아니, 이렇게 읽을 수도 있다. 시의 물음에 시인은 자신이 "보도블럭 위에 떨어지던 플라타나스 이파리"와 같은 존재임을 고백한다. 어떤 식으로 읽든, 자학적이라고 할 만큼 처절하게 자기반성에 임하고 있는 시인의 모습을 전제로한 시 읽기라고 해야 할 것이다. 아무튼, 시가 시인에게 위로의 말을 던진다. "야아 너 / 얼굴 짱 몸 짱 / 증말 캡이다야"라고. 또는 이렇게 읽을 수도 있겠다. 시인은 "플라타나스 이파리"와 같은 존재인 자신과는 너무도 다른 시를 향해 감탄의 말을 쏟아낸다. "야아 너 / 얼굴 짱 몸 짱 / 증말 캡이다야"라고.

이렇게 읽어도 마음에 차지 않기는 마찬가지다. 어찌 할 것인가. 어떤 의미에서 보면, 시 읽기—즉, 시 분석하기—란 바로 시 죽이기일 수도 있다. 혹시 "죽은 詩"라는 제목 자체가 시 읽기라는 이름 아래 시를 죽이고 있는 평론가나 독자에게 미리 보내는 경고나 야유가 아닐까. 어떤 식으로 읽든 혼란에 빠진 상태의 당신이 당신 자신의 시 읽기를 통해 도출해 내는 것은 유감스럽게도 다만 "죽은 詩"일 뿐이라는 경고나 야유는 아닐지? 바로 이런 식의 평론가나 독자의 시 죽이기에도 불구하고 시를 쓰지 않을 수 없는 것이 시인의 운명이라면, 시를 죽이고 있는 지도 모른다는 불길한 예감에도 불구하고 시를 읽거

117

나 분석하지 않을 수 없는 것이 평론가나 독자의 운명이기도 하다. 평론가나 독자의 운명이라니? 이는 결국 평론가나 독자에게 자기 되돌아보기의 길로 유도하는 진술 아닐까. 이지엽 시인의 자기 되돌아보기는 이처럼 그의 시를 읽는 나와 같은 평론가나 독자를 또 다른 차원에서의 자기 되돌아보기로 이끌고 있거니와, 그의 시적 성찰이 지니는 무게를 새삼 가늠해 보지 않을 수 없음은 바로 이 때문이다.

열린시학 정형시집 35

북으로 가는 길

초판 1쇄 발행일 · 2006년 6월 30일
초판 2쇄 발행일 · 2006년 9월 20일
초판 3쇄 발행일 · 2006년 12월 15일

지은이 ｜ 이지엽
펴낸이 ｜ 노정자 · 정일근
펴낸곳 ｜ 도서출판 고요아침

출판 등록 2002년 8월 1일 제 1-3094호
120-814 서울시 서대문구 북가좌동 328-2 동화빌라 101호
전화 ｜ 302-3144, 3194~5
팩스 ｜ 302-3198
e-mail : goyoachim@hanmail.net

ISBN 89-6039-011-9(04810)

*이 책은 한국문화예술위원회가 선정한 우수문학도서로 국무총리 복권위원회의 복권기금을
지원받아 발간되었습니다.
*이 책은 문화예술위원회 문예진흥기금을 받아 발간되었습니다.
*지은이와 협의에 의해 인지는 생략합니다.
*잘못된 책은 교환해 드립니다.
*책 가격은 뒤표지에 있습니다.